Adam Salander

ja

kuoleman viini

Adam Salnder

ja

kuoleman viini

Melian Vettenterä

© 2017 Melian Vettenterä

Taitto: Minttu Vettenterä
Kustantaja: BoD – Books on Demand, Helsinki, Suomi
Valmistaja: BoD – Books on Demand, Norderstedt, Saksa
ISBN: 9789515689221

Alkupuhe

Toivon, että nautit tarinasta ja, että se on kiinostava. Itse minä olin koukussa kirjoitaessani tätä tarinaa. Haaveilen tekeväni kirjasarjan tästä ja toivoisin, että pitäisit tarinasta, mutta enhän voi toki käskeä ketään pitämään mistään. Eli, jos et pidä, niin ei se mitään.

Itse loin suurimman osan tätä kirjaa, kun olin äitini, sisareni ja äidin ystävän kanssa Lapissa. Sillä matkalla kävimme katsomassa myös Norjaa.

 Itse aluksi ajattelin, että ei tästä tule mitään ja, ettei tämä ketään kiinnosta, mutta sitten parhaat ystäväni lukivat sen. Se, että he pitivät tarinasta, antoi minulle rohkeutta tehdä tästä kirjan.

Olen itse neljätoista-vuotias tyttö, jonka luovuus kulkee rajanaan vain ja ainoastaan.... no minä itse. Olen ja tulen aina olemaan se erilainen tyttö, joka ei ole syntynyt samanlaiseen muottiin kuin muut.

Adamin tarinan kehitin eräästä henkilöstä. Itse olen aina halunnut kertoa, että pidän hänestä. En ole vain uskaltanut. Ehkä joskus sanon sen hänelle ja, kun sanon sen, pelkään mitä tulee vastaan.

Itse olen nähnyt hänessä jotain erillaista. Hän on komea ja taitava. Siitä siis keksin Adam Salanderin, opettajan. Adam on erilainen mies, joka näkee asioita, joita muut eivät näe.

Ehkä joskus hän saa parin, mutta nyt hän on yksin. Hän on opettaja, joka haaveilee olevansa salapoliisi.

Jos sinä kuvailisit häntä, siis jos näkisit hänet, sanoisit pitkä, ruskea tukka, ruskeat silmät ja laiha. Minä en sanoisi niin. Minä sanoisin hänestä, että nenä on kuin hiekkadyyni, mutta silti valpas, silmät olivat nähneet paljon, mutta vielä ne antavat kokea elämää, huulet olivat ohuet, mutta olisivat voineet sanoa tuhat sanaa sanomatta, leuassa oli jotain historiallista, kulmakarvat kertoivat tarinaa, tukka oli kuin puun oksat, silti pehmeät kuin untuva, kroppa oli kuin kallio ja hartiat kuin vesiputoukset.

 Eli näin minä kuvailisin Adamia, mutta nyt annan sinun hyvä lukija syventyä tarinaani. Nauti, sillä seuraavaksi sinua odottaa unelma.

Omistan tämän tarinan sille,

joka on oikeasti

se arvoinen

Punaviini

Hänen kuivat huulensa koskettivat lasia. Lasissa oli hyvin kallista punaviiniä ja se oli kuoleman hinta. Hänen kirkaat vihreät silmänsä saivat vain hetken nauttia ikkunasta tulvivasta auringonvalosta ja sillä hetkellä hän sanoi yhden sanan.

- Lucy, se sana tuli niin äänettömänä, että jos ääni olisi ollut yhtään sen hiljaisempi, kukaan ei olisi kuulut. Sitten lasi tippui hänen kädestään ja se särkyi tuhansiksi siruiksi. Hän kaatui ja nukahti. Uni, johon hän nukahti, oli ikuinen uni, kuoleman uni.

Sirut

On sateinen aamu Ranskassa, miltein samanlainen kuin kotona Lontoossa. Minä tulin Pariisiin auttamaan siskoani Lisbethiä. Hän on menossa naimisiin jonkun Louisin kanssa, ja siskoni vaati, että autan heitä häidenjärjestelyssä.

- Turhaa, jos minulta kysytään, mumisen huoneessa, jonka siskoni antoi käyttööni häiden suunittelun ajaksi. En ole tavannut Louisia vielä, mutta minulle on aivan se ja sama kuka hän on.

En tule oikein toimeen perheeni kanssa. Minulla on äiti, isoveli ja -sisko - Lisbeth siis. Isäni kuoli kuulemma alkoholiin, mutta ei siinä ole mitään erikoista. Ihmisiä kuolee siihen jatkuvasti.

Minä rakastan mysteerejä ja haluaisin olla uuden ajan **Sherlock Holmes**, mutta tosiasissa olen ihan vain peruskoulun kemianopettaja.

- Tule Adam, huutaa Lisbeth alakerrasta. Me olemme

menossa tapaamaan Louisia, enkä voisi olla yhtään vähempää innoissani asiasta. Otan takkini, huivini ja salkkuni ja teen lähtöä, vaikka ei hirveästi kiinosta kuka hän on tai on olematta. Uskon, että ensivaikutelma kertoo hänestä kaiken oleellisen. Otan vielä hanskat ja kävelen miltein laahustaen alakertaan, missä Lisbeth seisoo odottavan näköisenä.

- Adam? Lisbeth kysyy.

- Niin, vastaan, vaikka Lisbethin ilmeestä osaan päätellä, mitä hän aikoo sanoa.

- Voisitko olla sanomatta hänen kaikista virheistään, Lisbeth kysyy hiukan anelevalla äänellä. Huokaisen mahdollisimman äänekkäästi ja syvään, mutta lupaan yrittää parhaani olla kohtelias. Lähdemme ulos ja Lisbeth lukitsee oven.

Nousen autoon pelkääjän paikalle ja Lisbeth ratin taakse. Ranska on minusta kummallinen maa, koska ihmiset ajavat oikeanpuoleista liikennettä. Ulkona sataa ja keli on miltein samanlainen kuin kotona Englannissa. Matkalla katselen ikkunasta huokaisten syvään.

Unelmoin vieläkin salapoliisin ammatista. Olisihan kiva ratkaista mysteereitä, edes yrittää ratkaista, mutta sellaisia ei vain meille tavallisille satu.

- Hei Adam, Lisbeth sanoo. Ne sanat herättävät minut unelmista ja vastaan hymähtäen.

- Miksi pidät aina tuota harmaata takkia? Lisbeth toteaa kysyen. En vastaa, koska mitä väliä sillä on Lisbethille, mitä minulla on päällä. Yritän miettiä tulevia lukuvuosia ja oppilaita.

En ymmärrä, vaikka olenkin opettaja, kaikkea. Esimerkiksi en ymmärrä rakkautta, se on kuin katsoisi täysin tarpeetonta esinettä. Tai vaikkapa ystävät.

Mihin ystäviä oikeasti tarvitaan? Ystävät ovat oikeasti vain tiellä, eikä heidän kanssaan voi tehdä mitään. Jos minulla olisi ystäviä, niin siitä ei tulisi muuta kuin sotaa ja riitaa, tai riitaa ja sotaa.

Pitkän matkan ja usean ruuhkan jälkeen saavumme vaatimattoman omakotitalon pihaan. Nousemme autosta ja ensimmäinen asia, jonka huomaan on, että ulkona on alkanut sataa ihan kunnolla. Juoksemme siinä toivossa ovelle, että emme kastuisi kovin pahasti. Kuitenkin ilman minkäänlaisia tarkempia tutkimuksia tiedän meidän kastuvan.

Saavutuamme ovelle huomaan, että ovikello on revitty irti ja ovessa on ollut kolkutin. Paino sanoilla on ollut, sillä se on ruuvattu irti. Tässä tilanteessa on vain kaksi vaihtoehtoa, häivy tai koputa. Minun ei tarvitsisi miettiä, jollei olisi kyse siskostani, mutta kun tiedän ettei hän suostuisi lähtemään, niin koputan lujaa oveen. Sillä hetkellä toivoin, ettei kukaan olisi avannut, mutta kuten saattaa arvata, toiveeni ei toteudu.

Oven takana on nainen, jonka hiukset ovat kuin kultaa, jonkan silmät hohtavat kuin liekit sinisinä ja suurin oivallukseni syntyy korusta "Bella sydän James". Eli helposti arvattuna Louisin sisko, ikä noin 19 vuotta ja toimistotyössä.

- Tulitte varmaan tapaamaan Louisia, naisen heleä ääni kysyy. Äänessä on jotain outoa, aistin siinä ripauksen pelkoa ja hyppysellisen surua. Lisbeth nyökkää naiselle myöntävästi ja kysyy mistä löydämme Louisin.

Nainen viittoo seuraamaan ja ohjaa meidät olohuoneeseen ison lasioven eteen.

- Louis, vieraita, nainen huutaa miehelle pihalla ja lähtee. Louis haahuilee ehkä hiukan kompuroiden luoksemme. Heti, kun hän astuu huoneeseen, haistan viinan. Louisista huomaa virheen ja surun.

- Nähty ja tavattu, mutta entä se huippu kohta lähtemi-
nen? kysyn Lisbethiltä, vaikka tiedän vastauksen. Se pie-
ni tökkäys, joka osuu kylkeeni, merkitsee huonoa käytös-
tä. Lisbeth katsoo minua halveksien. Vilkaisen Louista
tarkemmin.

Vasenkätinen, perheen vanhin lapsi, työskentelee käsil-
lään ja kasvoilla näkyy katumus, josta en tiedä. Ilmeettö-
myys kätkee sisälleen jotain.

Louis naurahtaa, suutelee Lisbethiä ja ojentaa kättä mi-
nulle. Viinan haju saa minut miltein (ei ihan) oksenta-
maan. Yritän parhaani mukaan muistaa käytöstavat.

- Olet varmaan Adam, hauska tavata, Louis lausuu tök-
kivän pitkäveteisellä tyylillä. En vastaa kättelyyn vaan
tervehdin mahdollisimman kylmästi väittäen että Lis-
beth on kertonut Louisista paljon. Ehkä valehtelen hiu-
kan, mutta uskon Lisbethin saavan paremman miehen.
Vedänkin Lisbethin reunenpaan ja alan taivastella, että
kuinka "hyvän miehen hän on löytänyt".

Sanon myös humalasta ja lupaan mahdollisimman nöy-
rästi, että jos lähdemme nyt täältä, niin voimme tulla
uudestaan silloin, kun Louis ei ole niin pahassa humala
tilassa, joka inhottaa minua.

Lisbeth katsoo hetken, kuin ei olisi huomannutkaan, ja sitten hänen katseessaan näkyy häpeää. Hän ei häpeä minua, sillä minä en ole sopinut tapaamista ja vetänyt sitten täydellä rahalla överiksi.

Lisbeth myöntyy hetken tauon jälkeen, mutta vaati, että hän saa hyvästellä Louin. Olen tyytyväinen, sillä asiani oli mennyt perille ja hyväksyin myös hyvästelyn, jos minun ei tarvitse osallistua siihen.

Lisbeth poistuu ja minä jään huoneeseen, jossa on vain matto, pöytä ja taulu. Taulussa on mustassa kaavussa luuranko, joka pitää viinilasia vasemmassa kädessä. Huomaan jotain kummaa luurangon silmässä.

Otan salkkuni, jota jostain kummasta syystä kannan kaikkialle ja kaivan suurennuslasin ja tutkin kuvaa tarkemmin. Silmään oltiin maalattu nainen, jolla on musta hääpuku ja kaunis kiharainen, ruskea tukka. Naisella oln oikeassa kädessä viinilasi. Naisessa on jotain tuttua.

- Aivan kuin, lauseeni jää kesken, sillä kuulen lasin särkyvän yläpuolellani, ja sitten kuuluu raskas tömähdys. Tungen suurennuslasin taskuun, otan laukun ja lähden pois huoneesta.

Ovella kirjaimellisesti törmään Lisbethiin joka kaatuu

lattialle. Olisihan se ollut liikaa vaadittu, että olisin autta-
nut häntä nousemaan. Minulla on kiire. Minun on pääs-
tävä yläkertaan selvittämään mitä äsken tapahtui.

Verta ja viiniä

Saavun huoneen, josta olin kuulut äänen, oven eteen. Alan hakata ovea kovaa, mutta kukaan ei vastaa. Bella tulee raput ylös, katsomaan mitä ihmettä teen.

- Pitäisikö tässä huoneessa olla joku? kysyn Bellalta, vaikka huomaankin oven olevan lukittu sisältäpäin. Bella nyökkää hiukan epäröiden, mutta se riittää minulle.

- Soita tänne apua, huudan ja murran oven. Siinä kestää, mutta loppujen lopuksi saan sen auki tai oikeastaan säpäleiksi.

Ryntään huoneeseen samalla sekunnilla, kun ovi tuhoutuu ja huomaan jotain hirvittävää. Huoneessa makaa lattialla mies lasinsirujen ja viinin keskellä. Juoksen miehen luokse kokeilemaan olematonta pulssia.

- Kuollut, totean. - Kukaan ei pidä tarinasta, missä ei ole kääntöpuolta, se on tosi juttu.

Bella, joka on juuri tullut huoneeseen, lähtee melkein

yhtä nopeasti sieltä itkien. Louis vain tuijottaa ovella isänsä ruumista aivan kuin sillä ei olisi väliä. Aivan kuin isän kuolema helpottaisi oloa, mutta Louis omistaa alibin vai omistaako.

Louis kääntyy ja menee vastapäätä olevaan huoneeseen. Siellä hän tärisivin käsin arpoo juomaa itselleen.

- Viskiä vai siideriä, hän mietti - Viiniä vai kuoloa, silloin hänen huulilleen ilmestyy se, se julma hymy, joka sopii vain hulluille.

Hän tarttuu viskiin ja laskee sen sohvapöydälle. Sitten hän kaivaa kaapista lasin ja istahtaa sohvalle. Hän kaataa lasinsa pintaa myöten ja kulautti sen alas.

Hän on kaatamassa uutta lasia, kun Lisbeth astuu huoneeseen. Lisbeth ottaa lasin Louisilta ja kaataa viskin lattialle.

- Louis rakas, hän aloittaa. – Sinulla on liikaa ongelmia ja meidän suhteemme ei toimi jos et pääse niistä eroon.

- Lupaan yrittää heti huomenna meidän vuoksi, Louis vasataa.

- Et voi, et ole enään sama johon rakastuin, Lisbeth sanoo ja irrottaa sormuksen sormestaan. Hän laskee sormuksen tyhjään lasiin ja antaa sen Louisille. - Ei ole enään sellaista kuin me. Louis heittää lasin päin seinää.

- Minä yritän ja yritän, mutta neiti täydellinen on itse se paskiainen, hän huutaa ja lähtee ulos huoneesta. Minä saavun huoneeseen ja laskén käden hänen olkapäälleen. Lisbeth romahtaa sohvalle ja istun hänen viereensä.

- Oliko tyhmää sanoa kyllä, Lisbeth kysyy ja hänen katseessaan näen tuskaa ja kaipuuta. Minun tekee mieli vastata, että kaikki miehet ovat sikoja, ettei ikinä kannata mennä naimisiin.

- Voi Lisbeth, tiedät kyllä, että olen huono rakkausasioissa, ja sanani olivat todellakin totta.

- Rakas pikkuveli, Lisbeth sanoo itku kurkussa ja halaa minua. Olisin halannut häntä, jos en olisi minä, minusta ei ikinä olisi rakastamaan ketään, mutta sitten huomaan jotain. Lisbethin huulilla on pieni hymyn poikanen. Se hymy tämän kaiken pahan keskellä saa minutkin hymyilemään.

- Anteeksi, enhän keskeyttänyt mitään, Bella on ilmestynyt ovelle ja katsoo meitä sumeilla silmillää aivan kuin olisimme ainut hyvä asia maan päälisessä helvetissä.

- Et toki, tokaisen ja nousen sohvalta.

- Vaikutat tietävän asioista, joten haluisin, että katsoisit vielä ruumista ennen poliisien tuloa, Bella lisää. Nyökkään ja lähden huonetta kohti, huonetta missä kuollut mies makaa, huonetta mikä toteuttaa toiveeni.

Saavun huoneeseen ja kävelen ruumista kohti. Laskeudun matolla makaavan ruumiin viereen. Matto oli Tiibetistä, kulumisesta päätellen noin kolmetoistavuotta. Matolle on kaatunut viiniä

- Tuosta on otettava näyte, totean ja nousen hakemaan salkkuni oven vierestä. Lasken salkun sohvapöydälle. Otan esille hanskat ja muutaman pikkutavaran, joita uskon tarvitsevani. Otan viinistä näytteen ja poimin pussiin muutaman sirpaleen.

Huomaan kuinka Bella tuijottaa minua oven suusta. Kaivan suurennuslasini ja käyn mattoa vielä läpi. Matossa on kahdenlaisia kengänjälkiä. Eräänlaiset juhlakengät, luultavimmin ruumiin, ja vaelluskengät.

Joudun tuhoamaan valokuvien jäkeen tämän upean todisteen, jotta pääsen ruumiin lähelle. Miehestä, tai siis tämän jäänteistä, näki että hän oli noin 55- vuotta, eronnut, maalaa ja kuoli myrkystä, joka oli viinissä. Olen juuri katsomassa hänen takaraivoaan, kun joku astuu huoneeseen.

- Poliisi. Kädet pään taaksen ja siirry pois ruumiin luota, Poliisit ohjasivat minut ja salkkuni huoneesta ulos. Huoneen ulkopuolella seisoo oikeuslääkäri ja jostain kummasta syystä hivuttauiduin hänen luokse.

- Olen Adam Salander ja kuka te ihastuttava leidi olette? sanon ehkä hiukan nuoleskellen ja esittäen liian herrasmiestä ollakseni minä.

- Mary Lightwood, oikeuslääkäri, hän sanoo. Hänessä on hiukan etäisyyttä ja ripaus valhetta. Hän piilottelee jotain vaaleiden kasvojensa takana. Salaisuus, joka saa hänen silmänsä menettämään elämän kirkkauden.

- Oletteko Alaskasta, kun teistä saa sellaisen vaikutelman? kysyn vaikka tiedän olevani oikeassa. Olen nimittäin aina oikeassa kaiken suhteen. Saan vastaukseksi nyökkäyksen.

Juttelemme ehkä noin vartin, mutta salaisuudesta en saanut pienintäkään vihjettä, mikä se olisi, tai mihin se edes liittyy. Lopulta Mary pyydettiin katsomaan ruumista.

Menen Bellan luokse kysymään, onko huoneessa kame-

roita, mutta joudun pettymään, kun vastaus on kieltei-
nen. Mutta mysteerit eivät saa olla helppoja, sillä niissä ei
ole silloin mitään mielenkiintoista. Saan kyllä tietooni
yhden helpottavan asian. Kenkä on naisen kokoa 39.

- Mutta viereisessä huonessa on ja itseasiassa huoneiden
välillä on vain huoneet jakava sermi, Bella kertoo ja tuo
lause saa minut uskomaan, että tämä voisi olla helppoa.

Ääniä ja appelsiinimehua

Menemme alas jonkinlaiseen työhuoneeseen. Siellä Bella kirjoittaa monet salasanat ennen kun hän saa videot auki.

- Kenen huone se on, kysn sillä huone on selvästi makuuhuone, mutta kukaan ei ole ollut siellä pitkään aikaan.

- Se oli äitini, isä halusi pitää sen koskemattomana hänen kuolemansa jälkeen, Bella sanoo ja huomaan kuinka hänen poskelleen vierähtää viattoman naisen puhdas kyynel. - Hän kuoli vuosi sitten.

Bella avaa jonkin ohjelman, jolla katsoa menneitä tunteja ja lähtee huoneesta jättäen minut samanlaiseen hiljaisuuteen kuin kuoleman saleissa.

Kuuntelen nauhan monta kertaa, mutta en kuule muuta ääntä, kuin lasin pirstautumisen ja tömähdyksen, jonka kuulin alakertaan. Muutaman kerran äänen lisäyksen jälkeen kuulen jotain, mutta siitä ei saanut yhtään mitään selvää. Lisään ja lisään ääntä, kunnes kuulen, mitä se on.

- Lucy, ääni kuiskaa.

- Kuka on Lucy? Kysyn, vaikka tiesin, ettei kukaan vastaa tyhjässä huoneessa.

- Hei Bella, huudan toivoen, että hän on lähistöllä, sillä minua ei kiinostaisi etsiä naista ventovieraassa talossa.

Ei minun tarvitsekaan. Onneksi Bella kuulee minut ja tulee ovelle, ehkä hiukan viiveellä, olisin itse ollut nopeampi, mutta Bella löysi paikalle.

- Mitä nyt, onko jokin vinossa, hän kysyy.

- Mietin vain, että saattaisit tiettää, että tunsiko isäsi jonkun Lucy nimisen naisen, kysyn Bellalta, jolta saan vastaukseksi heti epäilevän katseen. - Voit toki olla kertomatta epäily numero ykköstä. Bella pudisti vain päätään.

- En valitettavasti tiedä kuka hän on tai kuinka isäni tunsi hänet, Bella kertoio Hänestä näkee, ettei hän valehtele, päin vastoin, hänestä näkee vain kuinka paljon hän olisi halunnut auttaa minua.

Kävelen ulos huoneesta Lisbethin luokse, joka istuu ulkona rapusilla.

- Mennään kotiin, Lisbeth sanoo ja tarttuu kädestäni. Kotiin, tai siis siskoni kotiin, lähtö sopii minulle sillä en halua enään ikinä nähdä Louisia. Miestä, joka särki sisareni pienen sydämen.

Lisbeth ottaa minusta tukea kävellessämme autolle.

- Tällä kertaa minä ajan, sanon ja huomaan kuinka se saa Lisbethin kasvoille pienen hymyn tai oikeastaan se ei ollut hymy, ei aivan. Se oli suoloisin virnistys koskaan ja kaikken parasta oli se, kuinka se huokui aitoutta.

Lisbeth istuu etupenkille minun viereeni ja lähden ajamaan kohti parempaa päivää.

Pilvet ovat väistyneet auringon tieltä. Aurinko hyväilee sisareni kasvoja, niitä kauniita hymyileviä pikkutytön kasvoja ja hetken tekee mieleni sanoa "tästä tulee hyvä päivä", mutta ei pidä luvata sitä mitä ei voi pitää.

Kun saavumme pihaan, mietin "tänään en tutki juttua, tänään omistan sisartani tukevan olkapään" sillä hän on kokenut kovia.

- Adam hei, katsottaisko jokin leffa, Lisbeth kysyy ja aion pitää lupaukseni eli vastssn kyllä.

Lisbeth paistaa popcornin ja hakee juotavaa sillä välin kuin minä laitan leffan valmiiksi.

Kun laitat levyltä elokuvaa, niin siihen tulee monia ongelmia. Pitää vaihtaa kanavat, laittaa levy, ehkä joskus se ei lue sitä ja se pitää putsata. Sitten on kielen valinta, mainosten kelaus ja varmista, että kieli on oikea. Eikö olekkin helppoa ja yksinkertaista.

Pääsemme vihdoin elokuvaan, jossa puolessa välissä kaadan lasini, onnekseni tyhjän ja se pysyi ehjänä.

Kun elokuva loppuu, huomaan Lisbethin nukkuvan. En viits herättää, joten kerään astiat ja vien ne tiskipöydälle.

Kun palaan olohuoneeseen, näen Lisbethin niin suloisessan kippurassa, etten voi herättää häntä nukkumaan omaan huoneeseensa. Haen kaapista huovan, jolla peittelen hänet ja oikaisen hiukan tyynyä hänen päänsä alla.

Hiivin sen jälkeen huoneeseeni ja laiskasti heitän vain paidan pois. Talsin sen jälkeen kylpyhuoneeseen hoitaakseni pieniä luita suussani.

Kun viimein pääsen peitonalle sänkyyni, ei mene kauan, että nukahdan.

Unien maailma on kaikista järjettömin, josta ei voi löytää järjen häivääkään, vaan kaikki on täyttä humpuukkia. Jopa minun unet valehtelevat paremmasta elämästä kuin tämä.

Herään viimein tai ainakin luulen niin, sillä kaikki tuntuu taas normaalilta. Huone on aivan samanlainen ja paita on juuri siinä mihin heitinkin sen.

Kuitenkin yksi asia ei ole sama kuin se olisi ollut eilen. Tuoksu. Käytävästä huokui tuoreiden hedelmien ja pekonin tuoksu.

Nousen sängystäni ja kaivan itselleni harmaan t- paidan. Tai tarkalleen katsoen siitä näkee kuinka se on ollut joskus valkoinen, mutta se pestiin vahingossa mustien vaatteiden kanssa.

Laahustan käytävää pitkin portaille, jotka kipuan alas, kohti keittiötä, kohti tuoksua.

Keittiössä Lisbeth paistaa pekonia ja keittää munia liedellä.

- Anteeksi, enhän herättänyt, hän sanoo nähdessään minut.

- Et toki, unet ovat vain järjettömiä, joihin ei pitäisi tuhlata aikaa, sanon hieroen loputkin rähmät silmistäni.

- Tämän piti olla yllätys, mutta kun nyt tiedät niin voisitko olla hyödyllinen ja ottaa croisantit pois uunista, Lisbeth sanoo hiukan hätäisesti.

Nyökkään ja siirryn uunia kohti. Uunia avatessa sieltä huokuu aivan ihana tuoksu naamalle. Nostan pellin pois uunista ja lasken sen lämpöalustoille työtadollr.

Syömme yhdessä pekonia, hedelmiä, munia, marjoja ja toki croisantteja. Ruuan kanssa juomme kahvia ja tuoretta appelsiinimehua. Tämän jälkeen Lisbeth ilmoittaa menevänsä asioille kaupungille ja kauppaan.

Hän ottaa mukaansa laukun, johon hän pakkaa lompakon, puhelimen ja huulikiilon. Hän pukee päälleen vaaleanruskean jakkutakin ja mustat korkosaappaat.

Tuo yhditelmä on minusta inhan tavallinen, sillä varmasti lähes kaikki naiset ovat joskus kokeilleet jakkutakkia ja mustia korkokenkiä yhdessä ja ajatelleet kuinka muodikkaita he ovat.

Lisbethin lähdön jälkeen minä käyn suihkussa ja minulla on jotenkin paha tunne tästä paivästä. Ei suihku auta, mutta siellä nousee usein lisää ajatuksia samasta asiasta eli kun on paha tunne, suihkun jälkeen se on super paha tunne.

Juuri, kun olen tullut suihkusta kuvitellen ettei tässä paivässä ole mitään, mikä sen voisi pelastaa, ovikello soi.

Heitän pyyhkeen lantiolle ja laahustan niin kirjaimellisesti, kun voi ikinä laahustaa, ovelle. Oven takana on toki joku Lisbethin entinen poikaystävä.

Punapää vihreässä mekossa

Oven avattuani hämmästyn. Ovella seisoo hyvin laiha punatukkainen nainen.

Naisen hiukset muistuttavat ruusua aaltokiharoilla ja hänen huulipunansa kilpaillee punaisuudesta hänen hiuksiensa kanssa. Naisella on hyvin naiselliset muodot ja hänen silmänsä ovat kauniit kirkkaan vihreät tähdet.

- Öö.. Hei, Olen Adam, totesin ennen kuin tajusin miten tyhmältä kuulostan sanoilla ”öö” tai ”hei, olen”, mutta sillä ei voi olla hirveästi väliä, sillä ei tämä voi olla oikea osoite.

- Huomenta, olen Rita. Lisbethän asuu tässä talossa, hän kysyy, eikä hänen hymynsä värähdäkään. Hän on tähän asti vaikealukuisin, sillä hän ei anna minkään paljastua hänestä itsestään.

- Kyllä hän tässä asuu, mutta hän on tällä hetkellä kaupungilla ostoksilla, sanon ja näen kuinka hänen silmiinsä vajoaa pettyneen varjo. - Voithan tulla sisälle odottamaan hänen tuloaan, jatkan ja näen kuinka ne kaksi tuikkivaa tähteä syttyvät taas hohtamaan.

Rita nyökkää ja astuu sisälle. Ohjaan hänet olohuoneeseen istumaan ja huomaan kuinka täysin tajuamatta ohjaan hänet siihen missä Lisbeth istui eilen illalla.

- Saisiko olla jotain, teetä, mehua tai kahvia, kysyn häneltä.

- Teetä kiitos, Rita sanoo.

Käyn hakemassa Englannista ostettua mustaa teetä johon pistän sekaan hiukan maitoa. Kaivan esille myös kulhon, johon lasken croisantteja, sillä ei niitä enää huomenna kukaan syö. Tuon kulhon ja teen Ritalle, joka kiittää.

- Anteeksi. tämä tuntuu ehkä oudolta, mutta käyn laittamassa vaatteita päälle, sanon sillä tajuan, että minulla on vieläkin se hemmetin pyyhe kiedottuna lantiolle, vain odottamassa, että se putoaa ja aiheuttaa nolon tilanteen.

Rita vain naurahtaa ja antaa hätyyttävän eleen. Käännyn ja lähden kävelemään niitä pitkin portaita, jotka olen kiivennyt niin monta kertaa ennenkin, että kohta osaan ne silmät kiini.

Otan lipastostani housut ja kalsarit ja eksyn pukemaan kylpyhuoneeseen, jotta jos joku muu eksyy, niin ainakaan minä en ole yllätettävssä.

Ensimmäinen asia, jonka näen, kun tulen kylpyhuoneestani, on Rita, joka istuu lipastoni päällä. Hän istuu siinä ja luo minuun mahdollisimman hurmaavan katseen. Minä en vain ole altis tuollaisille houkutuksille.

- Ehkä sinun olisi puettava minut päälesi, hän sanoo ja laskeutuu lipaston päältä. Hänen askeleensa ovat olemattomat ja se näytti kuin hän olisi leijunut luokseni.

Hän kietoo kädet ympärilleni ja vain katseellaan saa minut kananlihalle. Hän on vain niin lähellä, että tuskin pystyn hengittämään.

- Voi sinua, kärsit, vaikka et edes tiedä sitä, hän sanoo ja irrottaa otteen ja leijuu jälleen, tällä kertaan sängylleni istumaan.

En voi sille mitän, etten rakasta muuta kuin mysteerejä ja nyt kun olen vihdoin keskellä sitä, pelkään että tämä kaikki on unta, ja kun herään on Lisbethin hääpäivä. Jos tämä on unta, niin pyydän, että minua ei saa herättää. Koskaan.

Vedän paidan päälle ja tartun Ritaa ranteesta ohjaten hänet sohvalle takaisin istumaan.

Istun Ritan, joka katsoo minua suoraan sieluuni, viereen.

Hän sipaisee poskeani punaisilla kynsillään, joka aiheuttaa kylmiä väreitä kehossani. Tartun kylmästi kaukosäätimeen ja käynistän television. Siellä pyörii kiinalainen saippuaooppera.

- Olet söpö ilman paitaa, Rita kuiskaa korvaani ja kuinka hyvältä lämmin hönkäys tuntuukaan niskassani kylmien väreiden jälkeen. Se on taivaalista tai siis öhöm, se tuntuu mukavalta.

Jatkan vain television katsomista, mikä on suuri erehdys, sillä Rita kipuaa syliini. Hänen niin täydellinen vartalonsa viekottelee. Sitten huomaan kuinka hänellä on hyvin kapea nenä, hyvin brittiläinen.

- Oletko Britaniasta, kysyn sillä huomion anto voisi olla hyvä tapa häiritä hänen aikeitaan tehdä, mitä hän ikinä tekeekään.

- Kyllä, mutta noin tarkkana olisit voinut huomata tarkasti Lontoon, Rita ilmoittaa nenäkkäästi ja nojautuu lähemmäs minua.—Minulla on myös toinen yllätys, hän sanoo ja suutelee minua ja se on ensisuudelmani, jonka koskaan elämässäni olen saanut.

En oikein tajunnut mitä tapahtuu, sillä se on täysin uutta. Ymmärrän kaiken vasta hetken sen jälkeen, kun se on ohi. Rita on pystyssä jo, kun minä vain tuijotan suu auki kuin pallokala.

- Haluatko croisantin? Rita kysyy ja tarjoaa kulhoa, jonka olin tuonut Ritalle. Nyökkään ja tartun croisantiin ja samalla ovi avautuu. Lisbeth seisoo ovella ja näyttää olevan purskahtamassa nauruun.

- Hei Lisbeth, täällä on joku ystäväsi nimeltä Rita, huudan hänelle ja hän vain räjähtää nauramaan samalla kulkien keittiöön. - Mikä häntä nyt niin naurattaa, kysyn Ritalta, joka kaivelee käsilaukkuaan.

Hän kaivaa esille peilin ja näyttää sitä. Peilikuvassa näkyy minun kasvoni, mutta yksi asia on hassusti. Suuni ja sen ympäristö on aivan punaisessa huulipunassa. Rita kaappaa peilin ja kävelee keittiöön, minä seuraan hölmönä.

Hän antaa jonkinlaisen rannekorun Lisbethille, halaa häntä ja pussaa minua ennen lähtöään.

- Keskeytinkö teidät, Lisbeth kysyy pidätellen naurua.

- Häh, siis ei tuo ollut mitään, pyh, sanon ehkä hiukan hätäisesti. Lisbeth pyöräyttää vastaukseksi silmiään epäuskoisesti ja hymähtää.

- Rita erosi eilen poikaystävästään, vaikkakin hän on ollut aina toivottomissa suhteissa, toivoen edes hitusta rakauden roihusta. Ja nyt hän on ilmeisesti ihastunut sinuu, paskiaiseen, joka ei koskaan rakasta ketään tai edes välitä toisten tunteista pätkääkään, Lisbeth sanoo kireään sävyyn ja paiskaa lompakon pöytää vasten. Nousen pöydästä nauraen ja suunistan portaiden luokse ja siitä ylös huoneeseeni.

Mietin ainoita vihjeitä mitä minulla on:

Vihje numero yksi : Vaellussaappaat kokoa 39, naisen.

Vihje numero kaksi : Myrkytetty viini

Vihje numero kolme : Se ainoa asia, missä ei ole järkeä, Lucy.

- En ymmärrä, huudan, sillä epätoivo alkaa nousta pintaan.

Alan selata luurankomaalauksia, sillä en keksi muutakaan.

Se on kuin ihme. Huomaan ilmoituksen myytävästä tau-
lusta.

 Se on täysin sama taulu kuin Bellan talossa. Taulun ni-
mi oli "Kuoleman viini". Kuvan nainen on netin ihme-
maan mukaan taiteilijan vaimo, jonka taiteilija itse mur-
hasi, tai se on liian kevyt sana tähän, hän kidutti vaimon-
sa hengiltä.

- Myrkkyä viinissä... Hamlet, minä tajuan.

Juoksen alas ja suoraan ovesta ulos.

- Mitä nyt Adam? Lisbeth huutaa, mutta en ehdi tuhlata
aikaa sellaiseen joutavuuteen kuten yksi keskustelu sis-
kon kanssa. Löydän siis itseni Ranskan kadulla huutele-
massa taksia.

- Rue Simon Le Frane pour trois et soudaine, huusin.
Taksi kaahasi Bellan talon luokse. Maksan kyydin ja
juoksen ovelle.

Alan hakata ovea kaaottisesti ja olen tyytyväinen sillä
Bella avaa oven, eikä se siskoni ex- kihlattu, joka vaan ja
ainoastaan osaa ryypätä.

- Hei Bella, saisinko nähdä vielä sen isäsi työhuoneen,

kysyn ja heti vaimean nyökkäyksen jälkeen ryntään juosten murhahuonetta kohti.

Pengon kirjahyllyjä, ja kuten kaikki osasivat arvata, olen taas oikeassa. Hamlet löytyy työhuoneesta ja vieläpä hyvin avoimesta paikasta. Ensimmäiselle, aina tyhjälle sivulle on kirjoitettu "Omalle Cedrikille." Cedrik on aika varmasti Bellan isän nimi.

Juoksen alakertaan ja menen olohuoneeseen. Bella ei ole siellä, mutta ehkä se ei ole sellainen paikka, missä tykätään olla. Etenkin kun ryyppäävän lahnan näkee ikkunasta aina häpeän aikaan.

Kurkkaan olohuoneen jälkeen keittiöön löytäen muutaman oranssin appelsiinin ja ehkä hieman homeisen puoliksi syödyn keksin, joka oli ollut Cedrikin huoneessa silloin, kun hän kuoli.

Harkitsen jo kotiin lähtöä, mutta ääni saa minut pysähtymään. Raskas putoamisen ääni kaikuu kirjastossa, mutta ääni on aivan liian iso ollakseen kirja. Bella!

Musta morsian

Kävelen keittiön veitsitelinettä kohti ja tartun isoinpaan veitseen. Varmasti näyttäen hölmöltä lähestyn kirjastoa. Kuitenkin Bella vain kaatoi jotain ja säihkähtää, kun ilmestyn veitsi kädessä hänen luokseen.

Tulen ovelle, käteni lähestyy oven nuppia ja, kun viimein käteni koskettaa kahvaa, tunnen jotain outoa. Kahva nimittäin huokuu kylmää ilmaa, vaikka huone oven toisellapuolella on sisätiloja.

Puristan käteni nuppiin ja kylmyys vain huokuu minuun, aivan kuin huone olisi puhdasta pahuutta. Vahvistan otteeni ja riuhtaisen yhdellä kädellä oven auki.

Bella seisoo keskellä huonetta, hänen kasvoillaan on kauhun rakentamia piirteitä.

- Hä..hän on tä..täällä, Bella sanoo heikolla vapisevalla äänellään.

- Kuka on täällä, yritän kuulostaa rauhalliselta.

Bella nostaa epäröiden sormeaan osoittamaan sivuun, mutta kuitenkaan ei käänny itse katsomaan sinne. On selvää, että hän pelkää jotain.

Käännän pääni ja näen naisen, kauniiseen mustaan hääpukuun pukeutuneen naisen. Naisen iho on kuin pilvet taivaalla, pehmeä ja valkoinen. Naisen kasvot eivät näy mustan, läpikuultavan hunnun alta. Naisen musta aaltoileva tukka pilkottaa hunnun reunoilta.

Nainen nostaa sirot kalpeat kätensä hunnun reunojen pitsien luo ja tarttuu siihen luisin sormin. Hän kohottaa huntua, jossa verenpunaiset ruusut heiluivat hitaasti. Huulet näkyvät ensimmäisenä ja levinneen huulipunan väri on kuin taulun naisen viini. Nenä kuin kukkaketo ja posket luiset, mutta kalliomaiset muodoiltaan. Harso nousee vielä ja naisen otsatukka, joka peittää silmät, paljastuu.

Nainen kaivaa vyöltään veitsen ja tunkee sen hiusten alle. Hän virnistää ja leikkaa tukan kulmakarvojen alapuolelta. Elämäni ahdistavin näky paljastuu tukan alta. Naisen kauttaaltaan nälkiintyneissä kasvoista on revitty silmät pois. Samaan aikaan, kun näen silmät, tai siis en näe silmiä, alkaa kertyä sumua huoneeseen.

En näe sumuisessa huoneessa yhtään mitään. Näkökykyni on täysin turha sakeassa usvassa ja kaiken tämän pahan keskellä, kuulen naisen huudon.

- Bella, huudan ja harpon usvassa etsien hätäisesti naista, jonka veljeä sisareni rakasti.

Sitten kuulen jotain heitettävän ikkunasta ja pitkän hiljaisuuden jälkeen sumu alkaa hälvetä kirjastosta.

Huomaan Bellan makaavan kippuralla maassa verisenä. Juoksen äkkiä hänen luo ja revin hihastani kangasta siteeksi kyljessä olevalle haavalle, joka valuu verta.

Huomaan lattialle kirjoitettuna "väärä lahja". Otan siitä äkkiä kuvan ja nostan Bellan syliini. Kannan hänet olohuoneeseen.

Sovimme ettemme kerro poliiseille, sillä tarinamme ei ole kovin uskottava. Musta morsian on täyttä huuhaata, sanon minä.

Päätän kuitenkin tutkia taustatietoja eli hiivin kirjaston tietokoneelle. Kone pyytää salasanaa, mutta se ei ole kovin kummoinen.

- Miten tiesit sen? kysyy Bella ihmeissään.

- Hänen työpöydällään lojuu vanhoja todistuksiasi. Kokeilin kokonimeäsi, sanon ja virnistän Bellalle.

Bella hankaloittaa vain katsomalla tutkimista. Nousen tuolista ja menen olohuoneeseen. Tartun olohuoneen puhelimeen painellen siihen numeron 112.

- Hätäkeskus, kuinka voin auttaa? naisen ääni kysyy.

Olen laskemassa luuria, kun yhtäkkiä keksin ratkaisun. Kävelen Bellan luo, jättäen puhelinlinjan auki.

- Olen pahoillani, sanon ja isken Bellaa suoraan haavaan.

Bella kiljaisi tuskasta ja se saa aikaan hakemani reaktion, sillä puhelimessa hätäännyttiin. Otin tuolilta huovan ja käärin Bellan siihen.

- Älä mene, Bella sanoo, mutta en ota sitä kuuleviin korviini vaan kävelin suorinta reittiä kohti ulko-ovea.

Lähden pihalta kävellen tietä pitkin ja näen kuinka vastaan tulee ambulanssi.

Vähän ajan kuluttua vastaan ajaa poliisiauto. Tiedän, että minua he etsivät, ainakin toistaiseksi löytämättä.

Saavun viimein Lisbethin kotiovelle. Ovi on lukossa, oli tosi tyhmää kuvitella, että isossa kaupungissa joku jättäisi oven lukitsematta. Koputan ja hämmästyksekseni Rita avaa oven.

Revittyjä sydämiä

- Hei söpöliini, sanoo Rita nojautuen minua kohti ja sanottuaan tämän hän yrittää taas suudella minua. Rita, nainen, jonka toimintaa en pysty ymmärtämään, en tänään, enkä huomenna.

Ryntään yläkertaan, mutta matkalla mieleeni pulpahtaa yksi ajatus.

- Hei Rita, oletko sä kenties naimisissa? huikkaan täysin ajattelemattomana ja outona mietteenä.

- Ja mistä tämä kiinostus mahtaa tulla? Rita kysyi tavalliseen tapaansa juuri sitä mitä en olisi halunnut.

Iritän olla huomaamatta Ritan kysymystä ja hiivin vain hipi hiljaa Lisbethin huoneeseen tietokoneelle ja etsin käsiini taulun, jossa poseerasi tämä kuuluisa musta morsian.

Yritän tirkistellä kuvasta jotain, joka voisi hiukan auttaa jutussa ja huomaankin kuvaa suurentamalla naisen olka-

päässä jotain erillaista. Sydämen muotoisen syntymä-
merkin.

- Hei Rita, voisitko ottaa mekon pois, kysyin vaikka tie-
dän tarkkaan miltä pyyntöni kuulostaa.

Rita vilkaisee minua jotenkin oudosti ja iskee silmää.
Hän riisuu mekonsa. Ritalla on siniset alusvaatteet.

Ravaan olkapään ja suurennetun kuvan välillä miettien,
mikä niissä ei olisi samannäköistä, mutta joudun totea-
maan, että ne olivat täysin identtiset.

Tämän jälkeen yritän kuumeisesti etsiä mitä mustalle
morsiammelle on tapahtunut, sillä Rita—ja me muutkin
- saattaa olla vaarassa.

Löydän yhden urbaanin tarinan, joka menee suunilleen
näin:

Mustaltamorsiammen rituaali on tehtävä uhrille vielä kun hän on elävä.

Uhrin silmät kaivetaan ulos päästä ja sydän on revittävä rinnasta.

Jos sydän ei lyö kertaakaan repimisen jälkeen, se julistetaan pilalle menneeksi ja sitä ei voi siirtää vapautuvan kehoon.

Uhri pitää tämän jälkeen sitoa lautaan ja haudata ei pyhälle maalle, jotta sielu ei lähtisi kehosta.

Eli vihjeiden kertaus aika:

V1: Vaelluskengät (koko 39, naisen)

V2: Myrkytetty viini

V3: Lucy

V4: Mustamorsian

V5: Rita

- Miten ne yhdityvät, miten, pähkään. Rita hiipii hiljaa taakseni ja tunnen kuinka hänen lämpimät pehmeät kätensä työntyvät paidan kauluksesta sisään laskeutuen olkapäilleni. Hän alkaa hieroa olkapäitäni.

- Adam, taidan oikeasti pitää sinusta, näitten sanojen rohkaisemana hän nojautuu minua kohti ja pussaa minua poskipäähän. Tajuan, että minun on hyvä pelata korttini hyvin.

Nousen ylös tuolista ja kokoero näkyy jälleen selkeästi. Tartun hänen käteensä ja painan sen rintaani vasten.

- Adam, Rita sanoo, mutta ei ehdi sanoa lausetta loppuun ennen kuin huuleni koskettavat hänen huuliaan. Se tuntuu oudolta, oikeastaan nautin pienestä hetkestä naisen, joka olisi avain mysteerin ratkaisuun, kanssa.

- Kerro kaikki mitä tiedät Lucy nimisestä naisesta, kysyn ja kävelen ikkunan luokse. Ritan ilme muuttuu vakavaksi.

- Tarkoitatteko Lucyette Arothy, Rita kysyy.

- Eli siksi Bella ei tuntenut Lucy nimisiä henkilöitä, mumisen itsekseni. Rita nyökkää kuulen muminani ja sen jälkeen hänen ilmeensä muuttuu surulliseksi.

- Minä kuolen tässä mysteerissä, niinhän, Rita sanoo osittain myöntäen sen myös itselleen. Käännyn Ritaa kohti miettien mitä voisin vastata. Tiedän, että tässä mysteerissä tiimalasi on jo käänetty ympäri ja Rita saattoi olla oikeassa. Hän saattaa kuolla tässä tarinassa.

Jos tämän mysteerin häviän, mustan morsiammen historia toistuu, mutta miten kertoa se Ritalle. Se, että häntä odottaa tuskallinen kuolema ja kuinka hänen elämänsä tai tarkalleen ottaen kuolema on tälläisen amatöörin käsissä.

Hän kuolee. Ai mistä tiedän? Eihän tuollaisen asian arvaamiseen tarvita ennustuksen lahjoja. Kuka luottaisi, että amatööri pelastaa? Eivät taidottomat ole koskaan sankareita.

- Ei kukaan kuole, ainakaan minun käsistäni, sanon ja sen aion pitää, sillä minä en ole tappamassa Ritaa, joten hän ei kuole minun käsistäni.

- Teen parhaani auttaakseni sinua, mutta jos et päästä minua lähellesi en tiedä miten voisin auttaa, Rita sanoo ja tarttuu minua kädestä.

Irtaudun hänen pehmeistä lämpimistä käsistään ja läh-
den alakertaan sanomatta yhtään mitään. Tartuun pan-
nuun laittaen sen liedelle. Minun on pakko saada täysi
kupillinen teetä.

Kun vesi on kiehunut, kaadan sen kuppiin, joka täyttyy
ehkä hiukan liikaa. Lasken pannun ja olen menossa kaa-
tamaan hiukan vettä pois kupista, kun Rita saapuu huo-
neeseen.

 Havahdun nähdessäni hänet ja läikytän kuumaa vettä
käsilleni, jonka takia melkein heitän kupin pöydälle. Se
on jostakin oudosta syystä todella ihanaa tuntea tuskaa,
kun luulee ettei mitkään tunteet voi koskea itseään.

Rita kaivaa kolme kuppia, joka saa minut hämmenty-
mään, mutta vielä häiritsevämpää on se, kun Rita on
laskenut kupit pöydälle, niin samalla hetkellä Lisbeth
astuu ulko-ovesta sisään.

- Hei! Ai te keitätte teetä. Voisinko saada kupillisen? hän
kysyy ja Rita työntää kupin suoraan hänen käteensä.

- Siinä teesi, en ollut varma mistä pidät, joten laitoin
maitoa ja sokeria, Rita sanoo ja antaa Lisbethille kauniin
hymyn, jonka jälkeen hän kirjaimellisesti hyppii minun
luokseni.

Hän on kuin pieni lapsi kukkakedolla. Hänen hymynsä on yhtä viaton ja aito kuin enkelimäisellä lapsella.

- Käykö sinulle, jos Rita jää tänne yön ajaksi, kysäisen sillä tavalla sivumennen, mutta en sanonut selvästi tarpeeksi huomaamattomasti, sillä molemmat tytöt tuijottavat silmät pyöreinä minua.

Rita lopettaa häiritsevään toljottamisen nopeammin kuin Lisbeth. Onhan kysymykseni outo, sillä en minä koskaan ketään ole halunnut yöksi lähelleni.

Yöt ovat ainoat hetket, jolloin kaipasin toisia, mutten halunnut näyttää sitä. Pienenä itkin usein yöni yksinäisyyttä. Kerran Lisbeth oli nähnyt, hän oli nähnyt, kun olin itkenyt. Hän oli tullut huoneeseeni ja minä vain heittelin häntä muovisotilailla.

- Totta kai Rita voi jäädä tänne, Lisbeth toteaa ja laskee kuppinsa pöydälle ja kävelee huoneeseensa. Minä tartun Ritan ranteeseen ja vedän hänet yläkertaan perässäni.

Huoneessani päästin irti ja kopistelen portaat alas hakien komerosta matkasängyn.

Levitän sen huoneeseeni ja kipitän taas alas hakemaan

peittoa ja tyynyä, jotka viikkaan sängyn jalkopäähän.

- Peti on valmis, sanon tarkoituksena lisätä siihen jotain, mutta huomaan Ritan nukkuvan sängylläni somassa kippurassa. Hän tärisee hivenen kylmästä. Peittelen Ritan ja heitän paidan ja kengät pois. Laahustan kylpyhuoneeseeni ja pesen hampaani.

- Adam, ei! kuulen Ritan huutavan. Syljen kaikki hammastahnnat ja juoksen Ritan luokse. Hän siellä pyörii ja mumisee nukkuessa.

Käyn viemässä hammasharjan takaisin kylpyhuoneeseen, jonka jälkeen kömmin Ritan viereen. Hän painautuu paljasta rintaani vasten. Hän painaa pehmeät kätensä vatsaani vasten ja tunnen hänen täyteläiset huulensa ihollani.

Tänä yönnä en itke yksinäisyyttä.

Punainen käsilaukku

Aamulla, kun herään esimmäinen asia, joka tulee mieleen on, missä Rita. Hän ei ole sängyllä. Haistan jälleen kuinka joku tekee aamiaista ja se saa minut nousemaan ja juoksemaan alakertaan vain housuissa.

Alakerrassa Lisbeth tekee tavalliseen tapaansa aamiaista kaikille. Se määrä mitä hän tekee, kun hänellä on vieraita tai ystäviä, on aivan älytön määrä.

Mitä oikein mietin? Minunhan piti suojella Ritaa, mutta kadotin hänet jo ensimmäisenä aamuna.

Kävelen huoneeseeni ja huomaan kuinka kaikki Ritan tavarat ovat paikkoilaan, mutta jotain epäilyttävää on ilmestynyt.

Tuolillani on punaiset rintaliivit.

Joku käynistää suihkun, kun olen juuri katsomassa

ovatko nämä kenties käytetyt ja olisiko niissä samaa tuoksua kun Ritan parfyymissa.

Melkein juoksen oven läpi kylpyhuoneeseen ja olen ehkä hiukan nolona, kun näen Ritan kylvyssä. Ritaa ei selvästi haitannut, sillä hän vain hymyilee minulle tuttuun tapaansa.

Rita nousee kylvystä, vaikka minä toljotan siinä edelleen. En tiedä miksi, mutta tartun lähimpään pyyhkeeseen ja melkein työnnän sen Ritan naamaan.

- En minä sitä aio ottaa, kun en ole ehtinyt käydä suihkussa, hän toteaa ja kävelee minun ohitseni suihkuun. Minulle tulee outo tarve sulkea suihkuverho ja niin teinkin, jonka jälkeen hipsin huoneeseeni laittamaan vaatteita päälle.

Heitän paidan päälleni ja sukat kenkineen jalkaan. Tämän operaation jälkeen hivuttaudun keittiöön hiljakseen syömään aamupalaa.

Olen juuri aloittanut pannukakun jyrsimistä, kun Rita saapuu portaiden yläpäähän. Rita näyttää pakottavan itsensä hymyilemään. Minun ei onneksi tarvitse tehdä noin, sillä omat tunteeni ovat tukehtuneet jo aikoja sitten. Ei niitä ole, on vain tyhjyys ja öinen kaipuu, johon en kaipaa helpotusta.

Vaikka on hyvä olla tuntematta mitään, ei se tarkoita etten halua tuntea, nimittäin haluan ja sitä haen mysteereissä. Haluan tuntea pelkoa. Vain kun tunnen jotain, tunnen olevani elossa.

Usein tunnen olevani kuollut. Ei, ei kuollut, se on liian kaunis sana sille. Tunnen olevani sydämetön hirviö, joka ei piittaa mitenkään elämästä tai kuolemasta.

Tyhjä ja tarkoitukseton, mutta nyt minulla on tarkoitus. Tarkoitukseni on pelastaa Rita. Minä olen hänen suojeliansa. Se on minun pakkomielteeni. Pakkomielteni on onnistua.

Sitten sydämeni pysähtyy, sllä huomaan Ritan kompastuneen portaaseen ja hän syöksyy kohti lattiaa. Juoksen Ritaa vastaan kaapaten hänet käsivarsilleni.

- Nuo kengät nirhaavat sinut, sanon ja katson Ritan kauniita nilkoja, jotka ovat hirtäytynneet mustien korkokenkien solkiin. Rita punastuu ja hän näyttää todella söpöltä punastuessaan.

- Missä Lucyette asuu? kysyn ja lasken Ritan omille jaloilleen.

- Kadun nimi taisi olla joku Rue De Rome, Rita sanoo pitkän mietinnät jälkeen. Olen jo lähtemässä ovesta ulos, kun Rita lisää jotain. - Sinulla on tahra paidassa.

Katson ja huomaan ison maalitahran paidassani. Katson Ritaa ja hänellä on todella outo ilme kasvoillaan, edes minä en osannut lukea, mitä hän mahtaa ajatella.

Ravaan takaisin ylös ja vaihdan itselleni puhtaan paidan. Kun olen viimein tempuillut uuden paidan päälleni, niin huomaan Ritan punaisesta käsilaukussa vilkuvan jonkin.

Kaivan hansikkaani ja menen laukun luokse. Avaan mustan vetoketjun varovasti. Katson äkkiä ympärilleni, jotta kukaan ei näkisi, että pengon Ritan laukkua. Kukaan ei ole paikkalla, joten kaivelen laukkua.

Laukussa on huulipuna, ripsiväri, puuteri, lompakko, puhelin, kasa kyniä ja jotain pikkuroinaa. Sitten, kun laitan tavaroita takaisin laukkuun, pudotan kolikon laukun pohjalle.

Ontto. Kaivan veitsen sukkalaatikosta ja leikkaan välissä olevan pohjan irti. Laukkun pohjalta löytyy musta, vilkkuva pienen superpallon kokoinen kuula.

Kuulen korkokenkien kopinaa portaissa. Tungen äkkiä tavarat laukkuun ja laukun kiini. Nousen äkkiä ylös, otan takkini tuolilta ja tungen vilkkuvan kuulan mustan kangastakkini taskuun.

- Jätin käsilaukkuni tänne, Rita sanoo oven suusta hiukan ujoon sävyyn. Tartun kaivelemaani laukkuun ja heitän sen Ritalle.

Lähden ulko-ovea kohti ja kuulen kuinka Ritan nilkan tappajat kopisivat perässäni. Ulkona yritän ottaa taksia päästäkseni tapaamaan Lucyetteä ja saamaan ehkä ensimmäisen kunnon vihjeen, jostain muusta kuin aaveista.

Saimme viimein taksin ja matkamme jatkui kohti Rue De Romea. Enisimmäisen kymmenenminuutin käytämme aamuruuhkassa.

- Tule Rita, pääsemme nopeammin kävellen, sanon ja nousen taksista. Rita seuraa perässäni. Heitän taksikuskille vitosen, jonka jälkeen kuuluu kiroamista taksin sisältä.

Tartun Ritaa kädestä ja lähdemme juosten kohti kävelytietä. Me vain juoksemme pitkin kujia ja teitä, ehkä muutaman kerran melkein auton alle. Hetken aika tuntuu pysähtyneen.

Pääsemme viimein kerrostalon eteen ja marsimme Lucyetten oven eteen. Painamme summeria, mutta kukaan ei tule avaamaan. Koputan ja koputan, mutta kukaan ei tunnu kuulevan.

Otan Ritan hiuksista pienen pinnin, jossa on vihreä rusetti. Alan tiirikoida ovea, joka avautuu liian helposti. Astun asuntoon sisään ja huomaan heti, että asunnossa on kissoja ja niitä on paljon.

Sitten huomaan tuolissa jonkun. Hän ei liiku. Juoksen katsomaan onko hän kunnossa. Tuolilla on iäkäs nainen, joka nukkuu ja sen takia murtauduin hänen asuntoonsa.

- Lucy, Lucyette, sanon ja hiukan ravistelen hereille. Vanha nainen herää hiukan sekavan oloisena. En ole varma, kuinka paljon hän meitä pystyy auttamaan, mutta yrittäminen ei maksa mitään.

Lucyette nousee tuolistaan ja käppäilee keittiöön päin ehkä unohtaen meidän olemassa olemisen.

- Mistä tunnet hänet? kysyn Ritalta.

- Hänen poikansa oli lääkäri, Rita aloittaa.

- Oli? kysyn.

- Pojan isä tappoi hänet. Lucy on pimeän puolella hoitajana, sillä hän hoitaa kaikkia jengiläisiä ja muuta alasakkia, Rita kertoo, mutta en vieläkään tajua miten Rita tuntee hänet. - Minulla oli syylä, jonka kävin hoitamassa täällä, Rita paljastaa nolona.

Lucyette mönkii keittiöstä pannu kädessä ja kupit kainalossa. Hän tunkee kouraani kupin teetä ja möyrii hakemaan sokeria ja maitoa, mutta tuokin suolaa ja kermaa keittiöstä.

- Ei kiitos, sanon, kun hän meinaa kaataa minulle näitä kuppiin. Rita vain hymyilee ja kaataa litkun jollekin kuihtuneelle oksalle lipaston päällä.

- Mistä te tunnette Cedric Swanin, kysyn, mutta saan vastaukseksi vain posliinisirpaleita, kun Lucy pudottaa mukinsa. Hän vain hymyilee vaivaantuneesti ja lähtee vaeltamaan taas jonnekkin asunnon kolkkaan.

Hän saapuu pian rikkalapion ja harjan kanssa aloittaen lakaisun. Hän vain mumisee jotakin samalla ja sitten hän yhtäkkiä kääntyy minua kohti ja alkaa puhua.

- Adam, olet vaarassa. Tulet kuolemaan vielä, nainen

sanoo ja ne sanat tuntuvat mahdottomilta. En minä ollut vaarassa, vaan Rita oli, mutta ei ole aika miettiä tuolaisia, vaan yrittää lypsää kaikki tieto.

Bingo! Hamlet, se on avain johtolankaan. Miten se menikään.

- Omalle Rakkauspakkaukselleni, Cedricille, sanon enkä pysty pidettelemään virnettäni. Tuo lause tekee juuri haluamani reaktion. Lucy viimeinkin lopettaa lakaisun ja näyttää vakavalta.

- Hän oli minun pienen pieni serkkupoikani, Lucy saa sanottua kyynelten keskeltä. Hän hieraisee poskiaan ja vie sirut roskikseensa. Sitten hän palaa takaisin ja lisää.
- Sen teki mustan morsiammen palvelijat, ne likaiset saastat. Lucy kiroaa ja mulkaisee ikunasta ulos.

Hänen äänensä on hyvin varma ja luotettava. Päätän, vaikka hullulta se kuulostaa, tutkia ketkä ovat mustanmorsiammen palvelijoita. Nousen ylös ja kiitän teestä, mutta kiitokseni menee kissaa hierovan mamman korvien ohi. Tartun Ritaa ranteesta ja lähden kohti katua.

- Onko sinulla kenties nälkä, kysyn Ritalta, kun ylitimme autotietä. Rita vilkaisee minua oudosti, mutta sitten hän naurahtaa ja nyökkää.

Kävelemme tien toisella puolella olevaan pitseriaan syömään. Tilaamme yhden ison pepperonipitsan ja kaksi lasia punaviiniä. Istumme ikkunan viereen ja näen tien toisella puolella olevan kerrostalon, jossa juuri olimme.

- Minä taidan pitää sinusta, Rita sanoo ja tökkää minua nenän päähän. Tuijotan häntä silmät pyöreinä, kun hän vain räkättää.

- Ei se nyt noin hauskaa voi olla, sanon, mutta eihän tuolla metelillä kuule mitään. Pitseria on meitä lukuun ottamatta tyhjä, mutta ei siinä valittamista, kun ei kukaan voinut valittaa.

Kun pitsa saapuu, Rita lopettaa räkätyksen ja ryhdistäytyy, vaikkakin pieni virne kasvoillaan. Alamme syödä erinomaista pitsaa ja ehkä hiukan ylikallista viiniä, joka ei maistuu mitenkään erikoiselta punaviiniltä.

Olemme juuri lopettaneet, kun huomaan jonkun kiipeävän Lucyetten ikkunasta sisää. Heitän äkkiä viidenkymmenen euron setelin pöytään ja lähden juoksuun. Rita seuraaa minua niin nopeasti kuin pääsee nilkan tappajillaan, mutta jää jälkeen. Lucyetten asunnon ovi on auki ja olohuoneessa makaa ruumis. Naisen kasvot on peitetty mustalla hunnulla ja silloin tajuan. Juoksen ruumiin luo ja katsoin naisen oikean olkapään. Sydän.

Kolkutin

Ehkä Cedricilläkin oli sydän olkapäässä.

Soitan hätäkeskukseen ja selitän olevani alakerrasta ja kuulleeni tappelun ääniä. Sammutan puhelimen ja lähden Ritan kanssa ulos asunnosta.

- Palataan kotiin, sanon ja huomaan Ritalla todella lämpimän hymyn huulillaan. Kävelemme käsikädessä. Ritan pehmeä käsi tuntuu todella hyvältä ja en olisi halunnut koskaan päästää irti tästä turvallisesta otteesta.

Saavumme iltäpäivänä Lisbethin ovelle, jonka jälleen avasimme. Lisbeth on olohuoneessa tekemässä jotain työjuttujaan.

- Hei, söin jo, mutta jos on nälkä niin tähteitä on jääkaapissa kunhan lämmittää, Lisbeth holhoaa.

- Kiitos, mutta kävimme pitsalla, sanon ja se sai Lisbethin katsomaan meitä. Olemme vieläkin käsikädessä ja minä jopa hymyilen.

Menemme Ritan kanssa yläkertaan ja katson Ritaa pyytäen, osittain toivoen, ettei minun tarvitse pyytää sitä äänen. Rita tajuaa kyllä mitä tarkoitan.

Rita ottaa mekkonsa pois ja alta paljastuu punaiset alusvaatteet. Hipsin nolona Ritan olkapään luokse tuijottelemaan. Huomaan yhden hassun yksityiskohdan mitä muitten syntymämerkeissä ei ollut, Ritan sydämessä on pieni syventymä keskellä.

- Mitäköhän tämä tarkoittaa? mietin ääneen, sillä nyt en pysty tärkeitä kysymyksiä tunkemaan täyteen ahdatuihin aivoihini.

- Kyl on outo morsian, kun ei ole juhlaväkeä, Rita naurahtaa, mutta itse asiassa tuo on hyvä idea. Mitä jos kaksi muuta uhria on tulevan morsiammen pelotteluun, mutta kuka voi tappaa viattomia vuosikymmenien ajan.

- Mitä jos Swanin tila, se on tällä hetkellä Louisin omistuksessa, Rita ehdottaa samalla, kun hän pukee mekkonsa päälle. Tartun Ritaa kädestä ja lähden juoksemaan kohti alakertaa.

- Hei, saanko lainata autoa? Olisimme menossa illanviettoon, kysyn Lisbethiltä, joka ei ehtinyt sanoa kyllä ennen kuin ovi sulkeutui.

Matka on pitkä, mutta ehdimme ennen pimeän tuloa perille. Heti perille saavuttua, joku tulee selittämään kuinka täällä ei saa olla. Kaivan veljeni vanhentuneen virkamerkin. Hän on valtion salaisissa hommissa ja hänen papereillaan pääse melkein mihintahansa.

Sitten lähdemme kävelemään kohti latoa maajussi perässämme laahaten. Potkaisen matkalla jotakin ja, kun nostan sen, näen mikä se on. Se on samallainen kuula mikä minulla on taskussani.

Astunn navettaan ja kävelen seinää kohti, mutta en pääse edes puoleen väliin, kun kuulen jotain. Nimittäin lattia on ontto.

Alan siirrellä heiniä ja huomaan lattiassa luukun. Avaan luukun ja katson maajussia kysyvästi.

- Mitä täällä on? kysyn häneltä, mutta vastaukseksi saan vain epämääräistä muminaa. - Valitan en osaa kunnolla ranskaa, ilmoitan ja saan vain kiroamista vastaukseksi.

Alan laskeutua tikkaita pitkin ja kuulen kuinka Rita laskeutuu pimeään perässäni.

- Miten syvä tämä on, kuulen Ritan vapisevan äänen kysyvän. Otan seinästä irtokiven ja pudotan sen. Yksi, kaksi, kolme, neljä, viisi, kuusi, seitsemän, kahdeksan, yhdeksän, kymmenen, yksitoista ja klops.

- Todella syvä, sanon ja kuulen syvän huokaisun. Matkamme jatkuu ja päässäni pyörii ainakin miljoona asiaa. Kuka murhasi? Kuoleeko Rita? Voinko edes tehdä osani hänen pelastuksessa? Pystynkö tähän? Onko minulla taitoja tähän? Osaanko? Voiko tätä mysteeriä ratkaista?

Saanko vastauksia, tiedän sen. Toivon vaan, että ne mielyttäisivät minua. Entä jos tuolla on aseistettuja rikollisia ja minä en omista edes veistä. Minulla on sentään älyni. Miten se sanotaan? Ai niin, "Kynä on miekkaa vahvempi". Sitten huomaan jotain ja pysähdyn.

- Adam, mitä nyt? Rita kysyy huolissaan.

- Seinässä lukee jotain, sanon ja yritän tirkistellä pimeässä. Seinässä lukee: "Kuoleesta nousee taas musta morsian hakemaan rauhaansa". Eli historia toistuu, eli silmät pistetään ikeästi toiselle ruumiille.

Mutta yhtäkkiä Rita astuu harha-askeleen ja on tippua. Tartun häntä ranteeseen ja yritän pitää kiinni, otteeni melkein lipeää. Nostan hänet äkkiä viereeni.

- Nuo kengät tappavat sinut, siis ihan oikeasti, sanon ja huomaan Ritan naamalla somaa punastumista. Jatkamme taas matkaa ja viimein pääsemme pohjalle.

Pohjalla on pimeää, joten kaivan kännykkästäni taskulampun ja katselen ympärilleni. Siellä on ovi, punainen puinen ovi, jossa on kultainen kolkutin. Kolkutin on käärmeen näköinen. Ovessa lukee sama teksti, joka tarinoiden mukaan lukee helvetin portissa eli "ken tästä käy saa kaiken toivon heittää".

Tartun oven kahvaan ja raotan hiukan ovea, sillä lailla, että minä ja Rita mahdumme sisään. Sisällä on jonkillaisia lamppuja, joten taskulamppu on tarpeeton. Suljen oven ja sitten taskulampun.

Kontaamme jonkin näköisen lipaston taakse ja siitä jonkinlaisen hyllyn alle. Juuri sopivasti, sillä juuri silloin ovesta astuu mies. Hänellä on juhlapuku ja teurastajan essu. Huoneessa on neljä muutakin samoin pukeutunutta miestä. Kaikkilla on käsiase ja siististi harjattu tukka.

Neljä lähtevät huoneesta jonnekin, mikä tarjoaa parhaan mahdollisuuden ja kolkaan viidennen miehen. Löydän jostain jeesusteippiä ja teippaamme hänet ja piilotamme johonkin arkkuun.

Vien mieheltä essun ja rusetin, sillä minulla on jo valmiiksi kauluspaita ja musta pikkutakin. Hiivin huoneen keskelle ja jään odotamaan muitten tuloa.

Muut tulevat kantaen valkoista hauta-arkkua, joka lasketaan toiselle kivijalalle. Kun arkku avattaan, sieltä paljastuu hirvittävä näky. Ruumis, jonka silmien kohdalla on mustat tyhjät aukot, jotka näkyvät luomien alta.

Ruumis on ainakin neljäkymmentä vuotta vanha eli teoriani on oikeassa. Joku ollaan tapettu ennen häntä. Kuinkakohan kauan tätä on jatkunut?

Yksi miehistä nostaa hunnun ylös. Meinaan oksentaa, kun joku suutelee kyseistä ruumista, mutta melkein saan kohtauksen, kun tajusin kuka mies on. Louis kuuluu mustan morsiammen palvelijoihin.

- Kohta on aika herätä, missä morsiammen pussukka on Igor, eräs mies sanoo ja katsoo minua, minä taidan olla Igor. Alan käydä hyllyjä läpi, etsien pussia ja löydänkin punaisen meikkipussin, jossa roikkuu vetoketjussa musta ruusu.

- Voit varmaan aloittaa operaation ilman käskyjä, sanoo Louis ja tajuan, että minut on pistetty meikkaamaan ruumis. Aloitan huulista rajaamalla ja laittamalla tummanpunaista huulipunaa. Luomiin varovasti hopeista ja poskiin hehkuvaa punaa tuodn elävämmän vaikutuksen.

Mietin meikatessani vain sitä kuinka tälle aasialaisnaiselle tulisi Ritan kauniit vihreät silmät. Lisään ripsiin vielä paljon tuuheutta korostamaa syvän sävyisiä silmiä.

Kaikki vain ihalevat ja kehuvat kädenjälkeäni, jopa minä yllätyn, sillä en ole koskaan meikannut ketään.

- Hän on pian täällä, hänet ja joku kundi on nähty tulevan tänne, joku sanoo ja kävelee ovelle päin.

- Jos siihen maalaistolloon on luottaminen, herra Salander ja morsian kävelevät suoraan meidän syliimme, Louis selitti.

Huomaan ruumiilla olevan syntymämerkin päällä tatuoinnin, joka esittää jotakuta miestä. Miehellä on musta tukka ja valkoinen kauluspaita, syntymämerkki on miehen poskella.

Nainen on kaunis ja moni mies varmasti rakasti häntä, mutta nainen rakasti vain yhtä miestä. Peitän naisen kasvot hunnulla ja kaikki katsovat ihmeissään, mutta saavat vastaukseksi vain virnistyksen.

- Hei Igor, mikä sinun tukallesi on tullut, kysyy joku miehistä.

- Se on tämä kosteus, vastaan, epäuskottavasti sillä muut katsoivat epäillen. Sitten kuuluu jokin kolaus ja kaikki miehet liikuvat kohti arkkua. Tulen perässä niin, että otan kaikki neljä käsiasetta. Rita tulee viereeni ja ottaa kaksi aseista.

Lähdemme hiipimään pois, mutta oven jälkeen Rita astuu korkonsa poikki ja kaatuu.

- Nilkkani nyrjähti, mene, jätä minut, Rita sanoo ja näen hänen poskellaan vierivän pari viatonta kyyneltä. Hän tosiaan rakastaa minua. Otan ja nostan Ritan reppuselkään ja alan kiivetä portaita.

Enkeli pimeässä

Kiipeän tikkaat ylös ja näen kuinka luukku on auki. Siellä on joku, joka osoittaa taskulampulla meitä kohti.

- Eivät nämä ole rikollisia, täällä on vain Rita ja Adam, joku huutaa. Meidät autetaan ylös ja huomaan paikan olevan täynä poliiseja, mutta mistä ne tiesivät. Pohdin tätä, kunnes näen hänet.

Hän on enkeli pimeässä, minun sankarini, minun rakas siskoni. Juoksen halaamaan häntä.

- Pelkäsin, että sinulle oli tapahtunut jotain, Lisbeth sanoo ja tunnen hänen kyyneleensä. Hänen hiuksensa tuoksuu laventelilta ja hän on tänään erityisen sievä.

- Kiitos Rita, pidit veljestäni huolta, hän sanoo nähdessään Ritan.

Lisbeth irrottaa, kun huomaa parin poliisin tulleen ilmoittamaan jotakin.

- Olettehan kaikki kunnossa? yksi poliisi kysyy ja katsoo Ritan kenkiä tai kengättömyyttä. Helpompaahan oli ottaa ne pois kuin kulkea puolikkaalla korkokengällä. Rita nyökkää ja hymyilee.

Kaappaan Ritan syliini ja kannan hänet Lisbethin autoon. Lisbeth seuraa meitä ja vie minulta auton avaimet oma tassun oikeudella. Menen Ritan kanssa taakse ja siellä me istumme Lisbethin asunnolle asti.

- Minä voisin palata hotelliini, Rita sanoo. Käymme hakemassa Ritan laukun ja lähdemme kävelemään kohti hotellia. Hotellin ovella Rita suutelee minua.

- Hyvästi herra Salander, hän sanoo ja katoaa ihmisten keskelle. Tunnen taas tyhjyyden, taroitukseni katoaa samalla, kun tuo nainenkin.

Palaan siskoni luokse ja syön iltapalaksi leivän teen kera. Syön yksin, tai pakotan itseni tunkemaan leivän suuhun.

Soitan koko yön selloa. Muistin vieläkin miten soittaa ne surulliset sävelmät.

- Onko kaikki hyvin? Lisbeth kysyy. En vasta< yhtään mitään. Minä vain soit<n niin kauan kuin aamu aurinko nousee. Puran kaikki tuskani mitä tämä rakkaus aiheutti.

Rakkaus on aivan liian vahva sana. En koskaan ollut tuntenut näin kuin nyt tunsin. Rakkaus oli minulle täysin uutta. Yritän vältellä sitä, mutta se löysi minut. En voi perääntyä enään. Minun kivisydämeni on sulanut, eikä sitä voi korjata. Olen rikki.

Lopetzn soiton ja katson Lisbethiä, joka on tässä välissä käynyt nukkumassa. Hän antzz minulle kirjekuoren ja siinä lukee näin:

"Hyvä Adam Salander

Haluamme palkita sinut urhooliseta

teostasi. Kutsumme on sinun omiin

juhliisi. Pyydämme sinua tulemaan ja

vastaanottamaan palkintosi.

Terveisin presidentti Du Jard".

Katson sitä hetken ihmetellen.

- Sinun pitäisi mennä sinne, Lisbeth sanoo. En minä

mitään palkintoa tarvitse siitä, että aiheutan vaaratilanteita, mutta haluan kyllä tavata Du Jardin.

Eli päätän siis mennä. Kiipeän yläkertaan siistiytymään. Kun tulen alas, huomaan, että Lisbeth ei unohtanu tänä aamunakaan tehdä aamiasta. Tänä aamuna syön läjän vohveleita ja voi jukra, kun ne vohvelit olivat taivaaliasia.

Aamiaisen jälkeen lähden kävelemään kohti puistoa ja siellä on aidattu punainen matto, jota pitkin menen mahdollisimman tyynen näköisenä lavalle.

- Tervetuloa Adam, pormestari tervehtii ja kättelee minua lavalla. Pormestari kutsuu eräät nuoret neitokaiset lavalle, joista toinen antoa minulle viidenkymmenentuhannen euron shekkin.

Sitten toinen nainen tulee luokseni. Hänellä on pieni rasia, jonka hän avaa. Sisällä on mustat nahkahansikkaat.

Huomaan naisen kaulassa jotain outoa. Lähestyn hiukan naista ja otan hanskat. Repäisen kaulahuivin pois ja alta paljastuu mustanmorisiammen liiton merkki. Tartun naista ranteesta.

- Hakekaa poliisi, huudan herättäen suuren paniikin ihmisten joukossa. Poliisit löytävät pian paikalle ja, kun nainen on raudoissa, lähden. Olen päättänyt palata kotiin Englantiin.

Pakkaan tavarani ja lunastan shekin. Vielä samana päivänä nousen koneeseen, joka vie minut kotiin.

Ja näin päättyy tarina opettajasta,
joka halusi ratkoa mysteerejä.
Ja tämän tarinan kirjoitti tyttö,
joka halusi kirjoittaa kirjan.